제국호텔

제국호텔

이
문
재
시
집

문학동네

심호흡하는 법을 최근에야 배웠다.
무조건 깊이, 많이 들이마시면 되는 줄
알아왔는데, 그게 아니었다.
진정한 심호흡은 숨을 다 내뱉는 데 있었다.
항아리도 마찬가지여서 자기를 비워낸 만큼
새로운 물을 채울 수 있다.
가득 채우려면 끝까지 다 비워내야 한다.
그런데 우리가 놓치고 있는 것이 있다.
우리 몸이건, 항아리건
비우기나 채우기 못지않게 중요한 것이
바로 몸 자체, 항아리 그 자체이다.
몸은 튼튼해야 하고, 항아리는 단단해야 한다.
몸이 상한 줄 모르고, 항아리가 깨진 줄도 모르고
비우거나 채우는 일에 집중했던 것은 아닐까.
상한 몸은 고치고, 깨진 항아리는 때워야 한다.
오 년 만에 금 간 항아리를 비워낸다.
난생 처음으로 심호흡을 한다.

2004년 겨울
이문재

차례

自序

1부 북북서진

2부 제국호텔

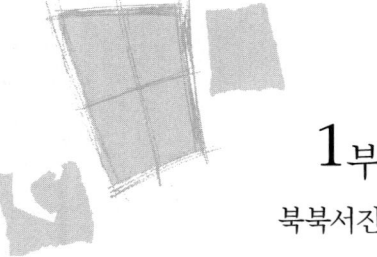

1부
북북서진

농담

문득 아름다운 것과 마주쳤을 때
지금 곁에 있으면 얼마나 좋을까 하고
떠오르는 얼굴이 있다면 그대는
사랑하고 있는 것이다

그윽한 풍경이나
제대로 맛을 낸 음식 앞에서
아무도 생각하지 않는 사람
그 사람은 정말 강하거나
아니면 진짜 외로운 사람이다

종소리를 더 멀리 내보내기 위하여
종은 더 아파야 한다

소금창고

염전이 있던 곳
나는 마흔 살
늦가을 평상에 앉아
바다로 가는 길의 끝에다
지그시 힘을 준다 시린 바람이
옛날 노래가 적힌 악보를 넘기고 있다
바다로 가는 길 따라가던 갈대 마른 꽃들
역광을 받아 한번 더 피어 있다
눈부시다
소금창고가 있던 곳
오후 세시의 햇빛이 갯벌 위에
수은처럼 굴러다닌다
북북서진하는 기러기떼를 세어보는데
젖은 눈에서 눈물 떨어진다
염전이 있던 곳
나는 마흔 살
옛날은 가는 게 아니고

이렇게 자꾸 오는 것이었다

일본여관

기러기떼 날아가자
초저녁 하늘에 문득 화살표가 생긴다
저 팔랑거리며 가물거리는 표지가
맨 처음의 기억을 가리키는 것일까
전철역을 빠져나오자 더욱 어두워진
사람들이 광장 한켠에서 자전거를 찾고 있다
오늘처럼 날 선 11월 초승달을 바라보면
이가 시리던 때가 있었다
시장통에서 빠져나간 길들이 가늘어지고
해마다 수심이 낮아지는 강의 지류를 따라
이태리포플라들이 발뒤꿈치를 드는 것 같다
먼 집 현관에 늦은 불이 들어온다
철새들이 북북서진할 때면
뒤돌아서서 부르던 사람이 있었다
나를 낳고 죽을 때에
아주 젊었다던 여자가 있었다

2월

밤새 폭설
치약은 얼어 있고
살아온 날들 꼽아보는
산중 신새벽

윗목에 들여놓은 구두
아직 젖어 있는데
눈냄새 싸아하게 밀려온다

우지끈!
제가 인 눈을 못 이긴
낙락장송 한 채
무너진다

그때 나는
나에게 지극해야 했다

샹그리라

가지 않은 곳은 모두 미래다
그날 만나지 못했던 그 사람도
읽지 않은 그 책의 몇 페이지도
옛날이 아니다

산정에서 얼음이 얼 때
얼음은 얼음 속에서 얼음 속으로
샹그리라, 라고 발음하는 것 같다
샹그리라, 오래된 투명한 단단함이
내장하고 있는 깊고 멀고 높은 소리
만년설 맨 아래를 지탱하는 소리
샹그리라

화살기도하듯이 외운다
안나푸르나 칸첸중가 시샤팡마 초오유
희박한 산소를 모아 중얼거린다

저기, 히말라야 하이웨이
내 전생들이 새카맣게 올라오고 있다

초오유

히말라야 산 이름들을
중얼거리다보면
내게도 아직 사랑할 힘이
남아 있을 것이라는 생각이 든다
시샤팡마 초오유

높고 험준하고 젊고 외로운
산악의 이름들을 부르다보면
내가 나의 전부가 아닐 수도 있다는
여기가 거기가 아닐 수도 있다는
내가 여태까지 확신범이었다는
생각이 드는 것이다

살아갈 힘이 사랑할 힘이라는
생각이 드는 것이다
시샤팡마 초오유 칸첸중가 안나푸르나

내가 죽어야 내 죽음도 죽는다

모든 빛을 통과시켜
유리창은 차갑다
아무것도 간직하지 않아
거울은 모든 것을 되비춘다
유리의 막힌 한쪽
거울은 따뜻하지 않다

내가 살아온 날들은
내 죽음이 함께 살아온 날들
살아 있음의 뒤켠이
생생하게 살아 있는 나의 죽음
거울의 배면이다

내가 살아 있어야
내 죽음도 이렇게 살아 있다
내가 죽어야
내 죽음도 죽는다

일본여관 · 2

내륙에서 바다로 향하는 기차가 지나간다
후루룩, 황급하게 면발을 집어넣는 고단한 입처럼
터널이 동해남부선을 빨아들인다
밤이 도계(道界)를 넘어간다

잔상으로 남아 있는 시린 차창
기차 멀어지는 소리가 멀어진다
한바탕 눈이 퍼부을 것 같다
검은 산맥의 능선이 몇 번 뒤척인다

국군통합병원 나팔수가 홀로 자정을 밟고 있다
마우스피스를 입에 대고 무슨 음정을 만든다
휘익, 어둠의 안쪽을 긁고 가는 한줄기 바람의 끝이 녹
슨다
산악이 제 높이만큼 파놓은 계곡보다
이 늦은 가을밤이 훨씬 깊고 길다

돌연, 추락 직전에 생의 빛깔을 내뿜는 나뭇잎들이
깊은 가을밤의 맨 아래 착륙한다
한 사람이 한 사람 쪽으로 가까이 가려 한다
지구가 한 칸, 자전한다

신새벽에 나를 놓다

물은 안개를 피워올리며
새벽의 맨 아래를 덥히고 있었다
사각거리는 발소리
수면의 북쪽으로 쏠리는 신새벽

물안개가 증발하고 나자
호수는 있는 힘껏
이른 아침을 받아들이고 있었다
하늘이 비어 있는 만큼
수면이 비어 있었다

공기들이 밀접해지고 있었다
여름산 숲 흰 꽃들이
저마다 둥글게 열리고 있었다
여기는 아주 먼 곳

그곳에서 멀어진 만큼

나는 나를 완화하고 있었다
나는 나에게 활발해져 있었다
흔쾌하게 나의 바깥에 있었다

격포에서

꾹 눌러 전원을 끈다
나의 앞뒤가 단순하게
물과 뭍으로 바뀌고 있다
따라왔던 국도가 후미등을 켠다
더 나아갈 수 없는 어스름과
다시는 돌아가기 어려운 아침
문자 메시지를 보내려다 만다
채석강 앞에서 기우뚱 미끄러진다
얼마 전부터 낯설어진
생애의 단층이 한쪽으로 기운다
목에 걸려 있던 휴대폰을 들어
파도의 이마를 향해 던진다
늦가을 격포는 제대로 어두워져 있다
땅 끝 여기는 해발 제로
선(線)에서 점으로
내가 먼저 와 있다
천년 저쪽에서 달려온 별빛들이

다시 천년 저쪽으로 달려나간다
격포에서 격포로 망명한다
나의 근황은 이제 나만의 근황이다
내가 먼저 와 있는 것이다

집중호우

긴 치마 벗어놓고 나간 듯 푸르스름한 저녁이 수면 위에 깔려 있는 것이었습니다

옥빛 치맛자락 밟고 걸어서 십 분이면 닿을 수 있는 무인도 우물 없다는 댓섬에서 뻐꾸기 울음이 건너오는 것이었습니다 뒤란에서 여름꽃들이 터지고들 있었습니다

한낮에는 대못 같은 빗줄기가 꽂혀 생철지붕이 요란했더랬습니다 국지성 집중호우는 이 섬을 수장시키지 못하게 되자 제자리에서 움직이지 말라는 듯 대못을 박아대는 것 같았습니다

낮잠에서 깨어나 꼼짝 않고 엎드려 있었습니다

사방이 캄캄해져 있었고 나는 당신을 생각하던 마음을 마당에 내다놓고 대못에 못 박히도록 했습니다 나는 흠뻑 젖었습니다

그때 우리는 왜 까닭 없이 까닭도 없이 그렇게 흥건했던가요 왜 그토록 죽음의 왼손을 부여잡았던 것이었을까요

가까운 바다는 하늘에서 쏟아지는 대못들을 한 움큼씩 삼키고 또 삼켜 한 겹 오래된 소금기를 없앴는지 한 뼘쯤

맑아져 있었습니다

　벗어놓고 간 치맛자락이 붉게 물들어 있습니다 한 땀
한 땀 바느질하는 듯 뻐꾸기가 또 웁니다

　내일 아침 내가 나가면 이 섬은 무인도가 됩니다

　당분간 나는 무진 애를 쓰며 멍하니 있으려 합니다

여름꽃

그대와 마주 서기는
그대 눈동자 바로 보기는
두렵고 또 두려운 일이어서

저기 뜨락에 핀 꽃
여름꽃을 보고 있다
어둠의 끝에서
몸을 활짝 열었던 아침꽃들
정오가 오기 전에
꽃잎으로 제 얼굴을 가리고
안으로 돌아가 있다
해를 바로 보기가 어려운 것이다

어려워서 여름꽃은
꽃잎을 모아 합장한다
여름꽃은 자기 안으로 들어가
해의 눈동자가 된다

동승(童僧)

연못 한켠이 한층 맑아져 있다

간밤 초승달 머물다 간 자리

기도하는 법

　기도하는 법을 놓고 고민을 했댔으니, 내 삶이 도무지 절실하지 않았던 겁니다 무작정 도심 한복판에 있는 대웅전으로 기어들어가, 넙죽 엎드렸습니다 어느 부처님을 향해야 하는지, 절을 몇 번 해야 하는지, 마음속으로 어떤 문장을 만들어야 하는지 나는 알고 있지 못했습니다

　기도도 해본 사람이 하는 모양이었습니다 나는 흘낏 절하는 사람들을 훔쳐보고 있었습니다 기도하는 법이 기도하려는 마음을 가로막고 있었습니다 법(방편)을 몰라 이르지 못하는 법(진리)이라면 그 법은 진짜 법이 아닐지도 모른다는 의심이 생겼습니다 대웅전에서 나는 내가 들고 있는 간절함을 내팽개치려 했습니다

　속으로 생각했습니다 부처님이 정말 여기 계신다면, 내가 법의 밖에서 중얼거린다고 해도, 내 기도가 애절하다면 들어주실 거라고, 그것이 진짜 기도하는 법일 거라고, 나는 우기다시피 했습니다

　대웅전 바닥에 엎드렸습니다 그런데 기도가 자꾸 길어지는 거였습니다 부처님 이렇게 해주세요, 부처님께서 제

기도를 들어주신다면 제가 이렇게 하겠습니다, 맹세합니다…… 갈수록 이상해졌습니다, 무슨 흥정 같아지는 거였습니다 어, 이러면 안 되는데 싶어, 나는 단순명쾌하게 내 소원만 빌었습니다, 그런데 자꾸 내 안의 또다른 내가 튀어나와 옆구리를 치는 거였습니다, 야, 네가 뭔데 그렇게 요구만 하는 거냐, 네가, 그럴 자격이 있느냐?

나는 무너지기 시작했습니다 내 소원은 나를 위한 것에서 내 피붙이들, 정붙이들, 일터, 이웃, 사회, 국가, 지구, 우주로 넓어지지 않을 수가 없었습니다 나 하나만 잘된다는 게 도무지 현실적일 수가 없었습니다 나 하나만 잘된다는 것은 도무지 불가능했습니다

결국 나는 기도를 올리지 못하고 말았습니다

화살기도

　기도하는 법을 몰라 난감해하는 제게 도움을 주신 분은 삼십 년 넘게 연극 무대에 서온 여배우였습니다 교회에 다니는 그분에 따르면, 기도란 무조건 하느님께 매달리는 것이었습니다 저처럼, 기도를 들어주시면, 저는 이렇게 하겠습니다, 라고 약속하는 것은 기도가 아니었습니다 인간은 나약한 존재이기 때문에, 무조건 하느님께 요구할 수밖에 없다는 것이었습니다

　스무 살부터 연극과 함께 살아온, 눈이 아주 크고 맑은 여배우는, 자신은 힘이 없어서 하느님을 믿는다고 말했습니다 그렇게 많은 배역을 살아왔으면서도 여배우는 스스로 깨우칠 자신이 없어 하느님께 의탁한다고 했습니다 그러면서 제게 물었습니다 당신은 혼자 힘으로 깨달을 수 있느냐, 그리고 그 깨달음을 유지할 수 있느냐, 라구요

　저는 뜨끔했습니다 무조건 간구하는 것이 기도라는 사실과, 당신은 스스로 대오각성할 수 있느냐는 질문에 휘청거렸습니다 저는 충분히 작아져 있었습니다

　여배우를 만나고 난 뒤 얼마 안 되어, 또다른 기도법을

얻어들었습니다 마흔이 넘어 소설을 쓰기 시작한 노작가분이 화살기도라고 있다는 것이었습니다 남편과 아들을 거의 동시에 잃고 실어증에 걸리기까지 했던 노작가분은, 당신이 간절히 원하는 그 무엇이 있으면 때와 장소를 가리지 말고 화살을 날리듯이 하느님께 외치라는 것이었습니다 저 좀 살려주세요, 내 아이를 걷게 해주세요, 처럼 단순할수록, 그리고 강렬할수록 화살기도는 효험이 있다는 것이었습니다

수많은 생을 살아온 여배우와 또 수많은 삶을 꿰뚫어온 노작가로부터 기도하는 법을 제대로 전수받은 것이었는데, 전에도 말씀드렸다시피, 저에게는 하늘로 쏘아야 할 화살이 너무 많아서 탈이었습니다 제가 하늘로 쏘아올린 첫 화살기도는 이랬습니다

하느님, 저로 하여금 이 많은 화살들을 버리게 해주세요

활구(活句)

대웅전에서 간화선 대토론회가 열린 날이었다
밖에는 소슬, 소슬한 가을비 내리고
법당 안에는 발디딜 틈이 없었다
스님들과 학자들이 부처님 앞에 일렬로 앉아 있었다
마이크는 성능이 좋았고 청중들은 다소곳했다
화두에 대하여, 참선에 대하여, 불교의 미래에 대하여
수십 개 촛대에서 촛불이 타오르고 있었다
스님과 학자, 신도 사이에서 조주 무(無)자 화두를 놓고
논쟁이 오갔다 부처를 만나면 부처를 죽이고
조사를 만나면 조사를 죽여라
그런데 나를 만나면?
나는 아직 나를 만나지 못하고 있었다
그때, 어디선가 포르릉, 하는 소리가 들렸다
저런, 대웅전 천장에 빼곡하게 걸린 연등 사이에서
참새 두 마리가 사뿐히 내려와 앉는 것이었다
참새 두 마리가 법당 안에 사선(斜線)을 그릴 때
포르릉, 하고 소리가 난 것 같았다

참새 두 마리가 쌀 뒤주 위에 앉아
연신 쌀을 쪼아먹으며 쩩쩩, 쩩쩩거렸다
간화선 대토론회 사이에서 듣는 참새 우짖는 소리
그 새소리가 그렇게 맑고 고울 수가 없었다
젊은 부처들에게 얻어맞아 매번 죽는 부처님께서
씨익, 웃고 있었다

서신

강원도의 산들은 높이를 버리고 초록에 집중하고 있습
니다
초록을 감당하지 못하는 나무들은 밤새 초록을 계곡으
로 방류합니다
열목어들이 쿵쾅거리는 물 속에서 눈을 크게 뜨는 아침
젖은 이부자리 개키며 바라보는 앞산 허리에는 비안개가
자욱합니다
비안개에서는 연한 박하향이 나는 듯합니다

처음 며칠간은 휴대폰 벨소리가 수시로 들렸습니다
라디오조차 들을 수 없는 오지에서 벨소리가 환청으로
들린 것이지요
혼잣말을 할 때에는 손가락으로 무릎 위를 톡톡 치기도
합니다
전원(電源)에 연결되어 있던 삶에서 벗어나기가 여간
힘들지 않습니다
환청이 사라지는 것과 함께 향기들이 기습했습니다

한 홉씩 코를 틀어막는 냄새들이라니요

아픈 몸은 후각에 흔쾌해지면서 한 칸씩 몸으로 돌아오고 있습니다

며칠째 국지성 호우가 주둔하고 있습니다

하루에도 몇 번씩 컨테이너를 난타하는 빗줄기가 신랄합니다

거센 빗줄기 속에 앉아 있으면 진공 같은 고요가 찾아와 숙연해집니다

소음에서 소리로 건너가고 있는 것이지요

낮달이 있겠거니 하고 낮잠에 들었는데 담배 피우는 꿈을 꾸고 말았습니다

얼굴은 생각나지 않고 부드러운 입술만 생생한 꿈처럼 뒤끝이 서글펐습니다

국지성 호우가 철수 명령을 받으려면 며칠 더 있어야겠지요

문득 솔숲을 빠져나가는 바람 소리의 결과 무늬를 정돈하다가

내 몸이 나의 외부였다는 사실을 깨닫고 적잖이 난감했더랬습니다

아직 혼자 있는 하루가 길어지지 않고 있습니다

산맥이 초록에서 등 돌릴 때쯤이면 하루가 제법 많아질 것입니다

군내 버스정류장까지 혼자 걸어나갈 수 있는 체력이 길러지면

아마 그때는 하루가 그윽하게 깊어져 있겠지요

그 동안 저는 단절로부터 단절해 있어야 합니다

오늘은 하루 종일 어릴 때 살던 초가집을 머릿속에서 다시 지었습니다

다음번 편지에는 어둠과 소리에 관하여 주절거릴 것 같습니다

계곡 아래쪽에서 치받쳐오는 큰바람이 일제히 나뭇잎

들을 뒤집고 있습니다
　고개를 바짝 제껴야 보이는 하늘이 분명해질 때까지
　마음들을 끄집어내 풀밭 위에 널어놓고
　저는 충분하게 멍해져 있겠습니다
　멍하니 몸이 몸으로 돌아오는 사태를 만끽하겠습니다

촛불은 우는 것이다

1

심지가 타버리면 촛불은 죽는다
굴대가 구르면
바퀴가 구를 수 없는 것과 같다
불꽃은 제 심지가 견디는 만큼만 불꽃이다

촛불의 시간은 제 심지의 시간이고
심지의 길이는 촛대의 길이이다

어둠의 둥근 가장자리에까지
촛불의 온도가 가만히 스며든다

2

촛불은 꺼질 때 심지의 끝을 풀어헤쳐
푸르고 긴 연기를 피워올리는데

떠나간 불꽃에게 기별하는 것이다
다시 촛불을 켤 때
떠나간 불꽃의 마지막으로 하여금
뒤따라간 연기의 길을 타고
내려오도록 하는 것이다
다시 돌아선 불꽃의 마지막이
막 녹기 시작하는
초의 눈물을 빨아대는 것이다

남아 있어야 하는 사람이
떠나가는 사람의 뒷모습을
아주 오랫동안 지켜보는 까닭을
이제 아시겠는가

   3

촛불은 하늘을 우러러 낮아진다

초가 불꽃 아래로 제 몸 밖으로
자꾸 눈물을 흘리는 까닭은
천상을 바라보면 바라볼수록
제 몸이 낮아지기 때문이다

그러니까 촛불은 떨어지는 물방울
중력을 이기지 못하고 낙하하는 물방울이다

어둠 속에서 누군가 스스로 밝아져
한 칸씩 낮아지고 있다
서로 아득해지고 있다

2부

제국호텔

제국호텔

—더이상 빌어올 미래가 없다

*

본국에서 연락이 늦어지고 있다
1호광장에 내려앉는 까마귀떼들
이곳 사람들은 오래된 책처럼 보인다
누런 얼굴들 한 귀퉁이가 삭아 있다
본국은 지금 오전 아홉시
말없이 미지근한 술을 마시고
집 없는 사람들이 집으로 간다

*

마른 빵을 물에 적시며
아침에 듣는 음악을 저녁에도 듣는다
모니터에서 매캐한 냄새가 난다
십수 년 전만 해도 아이들이
아버지를 아버지라고 불렀다

제국백화점 앞 노천무대
어린 토인들이 매우 빠른 춤을 추고 있다
그들은 터보 엔진을 탑재하고 있다

    *

장벽이 무너지자
모든 것이 장벽이었다

    *

도처에 가을이 상주하고 있다
남서쪽 저지대나 북쪽 고원은
낡은 기계처럼 가르릉 소리를 낸다고 한다
지난주에는 섬의 북쪽에서
제사를 지내던 여인들이 잡혀왔다
너무 순해 보여서 약간 불쾌했다

잘생긴 젊은 교주는 아직 색출하지 못했다
몇 년째 낙엽이 썩지 않는다는
저녁 종합뉴스가 흘러나오고 있다

     *

걸어다니는 자들이 거의 없다
바람결에 누런 유전자들이 떠다닌다
제국위생병원 회복실 같은 오후
알칼리성이 희박해진다
본국에서 가져온 가루약을 먹고
나른해지지 않으면 불안하다
멀리 가 있던 감각들이
노란 햇살을 뚫고 달려온다
이제 세계와 나 사이에
아무것도 없다

*

제국박물관 앞에서
키가 작은 승려가
1인 시위를 벌이고 있었다
1인의 그림자는 즉시 삭제됐다
본국의 훈령은 단순 명료했다
기억 용량을 정확히 유지할 것

*

화면의 밖은 풍경의 바깥
전원이 곧 삶이다
제국발전소에 연결되어 있지 않은
시민은 시민이, 아니 생명체가 아니다
아직도 전원으로부터
망명을 시도하는 자들이 있다니

식염수로 제복 상의를 세탁했다

　　*

광장은 정지화면이다
본국은 오전 아홉시
모두 제자리에 있다
오래된 책 표지들이 멈춰 서 있다
까마귀 수천 마리가 공중에 박혀 있다
분수대에서 누런 피가 솟구치다가 굳어 있다
그 누구도 그 누구를 부르지 않는다
겨울은 국경을 넘지 않고 있다

　　*

토인들의 상형문자를

오늘 아침에야 해독해냈다
— 더이상 빌어올 미래가 없다

　　*

제국항로 바로 위로
하얀 달이 뜨고 있다
돌들을 제자리에 갖다놓고
접속 속도를 재차 점검했다
정기적으로 발음해야 할 단어들이 있다
— 나는 물이끼를 만져본 적이 있다
말이 잘 나오지 않아서
제복을 벗고
알약을 물에 탔다

제국호텔

—비밀번호

이곳 원주민들은 @에 모여 산다

@ 뒤에서 가을이 민첩하다 분주하다

전국의 활엽수들이 사 일 만에 낙엽을 생산했다

비밀번호 정책은 대성공이었다

원주민들은 너도나도 비밀번호를 만들었다

저들은 자신의 비밀번호에 갇힐 것이다

디지털 정책은 완벽 완전하다

@에 불이 들어와 있다

오늘 달빛은 아무래도 악성 바이러스 같다

저런 달무리가 며칠 더 계속되었다간

원주민들이 잃어버린 감수성을 회복할 것 같다

경계하고 경계하고 또 경계할 일

자정에 외계인 관련 뉴스를 하나 띄우고

내일 아침 톱은 EQ를 높이는 웰빙 음식들이다

이곳 비밀번호들은 의외로 건강에 예민하다

가을을 완수했다

새벽까지는 전원을 꺼놔도 되겠다

제국호텔

—인도에서 소녀가 오다

*

옥상 위에 공무원들이 배치되었다
저녁 일곱시 구분 정각
꽃가루가 일제히 제국광장 상공에 흩날려야 한다
열기는 충분할 정도가 아니라 과도하기까지 하다
늙은 총독의 초대장에는 오랜만에 금박이 입혀져 있다
관저 주위의 병력은 충분하다
오늘밤에는 우선 샴페인을 한 잔 마셔야 할 것 같다

*

나로서는 고맙지 않을 수 없는 일이지만
이곳의 사회적 인프라는 순진함과 비열함이다

제국에서 공인한 종교에 종사하는 한 승려가
행사 기간 내내 반도 곳곳이 성소(聖所)였다는 글을 신

문에 발표했다

그에게 전화를 걸어 치하했다

제국은 영원할 것이다

*

인도에서 축구공을 만들다 눈이 멀었다는 소녀가 왔다

다섯 살에 가장이 되어 이 년 동안 축구공을 꿰매다가

일곱 살 때 실명했다는 것이다

국제 시민단체들이 눈먼 인도 소녀를 초청해

세계배 쟁탈 축구대회를 지원하는 초국적기업들을 성
토했다

스포츠용품을 생산하는 초국적기업들이

제3세계 아동의 노동력을 부당하게 착취하고 있다는 것
이다

눈이 먼 인도 소녀는 세계적인 축구 선수들에게 말했다

'아저씨들이 차는 축구공에 가난한 어린이들의 피와 땀
이 서려 있다는 사실을 알아야 합니다'
　　하지만 기사는 많이 나오지 않았고 나왔다 해도 작게
취급되었다
　　툭하면 눈물을 흘리며 성금을 내곤 하는 이곳 사람들은
　　눈 하나 깜짝하지 않고 시청 앞 광장으로 몰려들었다
　　디지털 강국의 이미지를 압축한 개막식 전야제가
　　제국의 전파를 타고 지구 반대켠까지 생중계되었다

　　　　*

광장에서 보았다
젊은이들은
관음증 환자인 동시에 노출증 환자였다
사람과 사람 사이에 카메라가 있었다

새벽 세시 현재

본국 국기는 불태워지지 않았다

여름 휴가가 넉넉해질 것 같다

     *

(대단한 것도 아니지만) 본국 언어를 배워놓지 않았다면
내 능력은 절반 이상 평가절하되었을 것이다
본국어 단어를 매일 세 개씩 외운 것이 벌써 몇 년째인가
이곳 언어는 아침 인사말 하나라도 구사해선 안 된다
(참, 명예시민증을 호텔에 두고 왔다)

     *

꿈은 이루어진다고?
제국에서
이루어진 꿈은 꿈이 아니다

그대들의 꿈★은 늘 미루어지게 되어 있다

*

서쪽 바다에서 교전이 발생했다
교전이 끝나자 남쪽에서는 내전이 일어났다
전혀 새롭거나 복잡한 상황이 아니다

본국에서 온 애인은 체중이 조금 늘어나 있었다
내일 아침에는 푸른색 넥타이를 매라고 한다

제국호텔
— 서부전선 이상없다

*

프런트에서 왼쪽으로 이십 미터를 가면 스타벅스
오른쪽으로 다시 백오십 미터를 더 가면 맥도널드다
아침을 먹고 다시 돌아와 이메일을 연다
돈에서 건강, 여행에서 포르노까지 스팸, 스팸, 스팸
언제나 접속되어 있는 e-인간들

지역적으로 생각하고 지구적으로 행동한다*

*

황사가 심한 내륙
보이던 것들이 보이지 않는
69층 스카이라운지
물끄러미 변기를 내려다보다 보았다

오, 변기, 바다에서 올라온 아주 긴
그러니까 이 수많은 변기들이
저마다 바다의 입이었구나
바다의 한 끝이 내 몸의 한 끝이었구나
내 입 또한 지구의 변기였구나
내 입에서 가을이 시작되겠구나

      *

아버지를 선택해 태어난 자만이
돌을 던질 수 있으리라
백인으로 태어나기 위해
백인의 자궁 속으로 들어간 자만이
여기, 총독이 될 수 있으리라

*

붉은악마 수십만이
대형 전광판을 우러르며 울부짖고 있다
전에 없던 일이다
이마에 태극문양을 그려넣고
늘씬한 아랫도리를 국기로 가렸다
반세기 전 북쪽에서 내려온 노인들이
어린 붉은악마들을 보고 손뼉을 친다
다들 자랑스럽다고 말한다
전에 없던 일이다
이상하게 생긴 컵의 주인이 결정되기 전날
꽃게가 한창 올라오는 서해에서
붉은 군인들이 푸른 군함을 격침시켰다

비둘기떼와 함께 시청 앞 광장에 착륙했던
부활 예수가 머쓱해하다가

축구공 속으로 들어가는 장면을
목격한 사람은 거의 없었다

본국에서 붉은 티셔츠를 전량 수거, 소각하라는
명령이 하달되었다
작전명 : 행동하는 네티즌

남반구 유색인들이 세계배(世界杯)를 가져간
다음날부터 드라마 시청률과
햄버거 소비량이 가파르게 예전 수준을 회복했다

* 생태론 혹은 시민운동의 대표적 슬로건 가운데 하나인 '지구적으로 생각하
고 지역적으로 행동하라'를 뒤집은 것이다.

제국호텔
—9월 22일 아침, 외롭다

9월 22일의 태양이 9월 22일 아침에 떠오른다
혼자 외로운 아침이지만 조용하지는 않다
바코드가 박힌 유통기한들이 곳곳에서 손짓한다
저 호객행위는 유례없이 참담한 것이다
9월 22일의 자연광이 9월 22일 오전을 지나고 있다
혼자 외로운 아침이지만 혼자 있는 것은 아니다
광속으로 광고를 살포하는 광케이블
여우는 화끈한 밤을 즐기시라는 콘텐츠를
보내왔다 오늘 오전 섹스코리아도 안녕하다
이 네트워크는 근본주의자들의 테러를 능가한다
샤워기에서 뜨거운 디지털이 뿜어져나온다
혼자 외로운 아침 나는 혼자 있을 수 없다
9월 22일의 태양광선이 호텔 북쪽 창으로 들어선다
제국호텔 앞 평등대로 양쪽으로 늘어선 플라타너스
활엽들이 표백제를 덮어쓰고 있다
철새들이 둔치에서 전파발신기를 달고 있다
9월 22일의 시민들이 9월 22일의 도시에 나와 있다

지구는 어제와 다름없이 오른쪽으로 기울어 있다
이곳은 북반구의 무사한 변화가
혼자 각성제를 먹는 정오다

* '여우'와 '섹스코리아'는 실제 이메일 아이디(ID)다. 지난 9월 중순, 내 이메일 주소로 '광고'를 보내주셨다. (공개되어 있는) 내 이메일 주소를 사용하시는 분들은 이외에도 많으시다. 나는 고맙다고 말하려는 것이 아니다.

가슴

www
배추밭에 가랑비

뿌리가 일제히 발뒤꿈치를 들고
배추속이 환해지고
젖은 흙과 흙 사이가 벌어지고
배추꽃이 날개 젖은 나비를 놓치고
저기압은 더 낮은 데로 내려가고
내 눈은 열려 오래된 것들을
아주 멀리로 가서 뒤돌아보고

www
비 오는 배추밭
분명한 온라인

광화문, 겨울, 불꽃, 나무

해가 졌는데도 어두워지지 않는다
겨울 저물녘 광화문 네거리
맨몸으로 돌아가 있는 가로수들이
일제히 불을 켠다 나뭇가지에
수만 개 꼬마전구들이 들러붙어 있다
불현듯 불꽃나무! 하며 손뼉을 칠 뻔했다

어둠도 이젠 병균 같은 것일까
밤을 끄고 휘황하게 낮을 켜놓은 권력들
내륙 한가운데에 서 있는
해군 장군의 동상도 잠들지 못하고
문 닫은 세종문화회관도 두 눈 뜨고 있다

엽록소를 버린 겨울나무들
한밤중에 이상한 광합성을 하고 있다
광화문은 광화문(光化門)
뿌리로 내려가 있던 겨울나무들이

저녁마다 황급히 올라오고
겨울이 교란당하고 있는 것이다
밤에도 잠들지 못하는 사람들
광화문 겨울나무 불꽃나무들

티벳버섯 이메일

티벳버섯이라고 들어보신 적이 있나요
우유를 먹고 사는 작은 생명인데 아주 민감합니다
얼핏 보면 흰 쌀밥을 물에 불려놓은 것 같습니다
흰 우유를 먹고 삽니다
하루 동안 우유를 부어놓으면 요구르트같이 되는데
그걸 걸러 마시는 겁니다
티벳버섯은 면역력을 현저히 높여준다고 합니다
장복하는 이들은 만병통치약이라고 극찬합니다
티벳 승려들이 가지고 나왔대서 티벳버섯이라고 불리
는데
　얼마 전 제가 분양받은 것은 멀리 캐나다에서 건너온
것입니다
　맨 처음 한 줌의 버섯을 안고 나왔을 그 승려는 누구였
을까요
　그 승려의 손길이 오대양 육대주를 거쳐
　마침내 우리집까지 오게 된 그 수많은 인연을 생각합니다
　그 손길을 거슬러올라가면 티벳까지 이어지겠지요

여기서 손길을 뻗치면 지구를 한 바퀴 돌고도 남겠지요
티벳버섯은 연민과 배려의 네트워크입니다
티벳버섯은 예민합니다
금속이나 화학물질에 닿으면 까맣게 죽어버립니다
문명에 대한 저항력이 거의 없습니다
매일 티벳버섯을 걸러내는 시간은 엄연한 의식입니다
티벳버섯의 네트워크라니 이 얼마나 지극한 것인지요
매일 밤 버섯에게 신선한 우유를 부어주며
내게서 뻗어나갈 새로운 길을 상상합니다
내가 아는 사람들이 다시 가까운 이웃들에게
티벳버섯을 나누어주는 낯빛이 눈에 선합니다
언제가 전 인류가 티벳버섯을 마실 수도 있겠지요
티벳버섯은 그물코입니다
모죽(母竹)이고 화엄입니다
티벳버섯을 내리는 매일 밤
우리는 저마다 우주의 중심입니다

天地人

저것 좀 봐!
어린 아들 손잡고 처음 올라본 바다낚싯배
초가을 오후 양떼구름이 백두대간을 넘고 있었다
하얀 비행운 한줄기 가로지르고 있었다
베이징쯤에서 삿포로나 앵커리지로 가는 여객기였다
독도가 어느 쪽이냐고 묻는 아들에게
저것이 바로 제국항로다, 라고 말하려다가
아빠 어릴 때 따 먹던 삘기꽃이 꼭 저랬다며
비행운의 원리까지 일러주려다가,
머릿속이 번쩍, 했다
그러니까, 제국이 저 높은 데에서
나는, 말문이 막혔다
저, 저거 말이야, 다 매연이야, 매연
전부 다 오염물질이라구
하마터면 나는 어린 아들에게
무슨 축하 비행 같지 않느냐고 말할 뻔했다
이것 좀 봐!

아들은 낚싯대가 휜다며 야단이었다
나는 낚싯대를 당기지 않았다
유조선 한 척 묵호 앞바다를 지나고 있었다
일곱 살짜리 아들에게 동해의 시퍼런 바다 속 사정
또한 알려줄 수가 없었다

3부

스타킹을 벗듯이

경원선

내가 나고 자란 남쪽은 삼면이 바다로 둘러싸인 섬, 삼
면이 바다로 둘러싸인 섬의 북쪽
비무장지대를 사이에 두고 중무장하고 있는 섬의 북쪽
은 바다가 아니지만, 세상에서 가장 완강한 국경입니다

프랑크푸르트에서 파리 가는 밤기차 안에서 몇 개의 국
경을 넘으며, 나는 평생 육로로 국경을 넘어본 적이 없다는
사실을 깨닫고 멍해져 있었습니다 유럽을 가로지르는 동안
나는 삼면이 바다로 둘러싸인 섬, 섬사람이었습니다 그해
가을 나는 삼십대에서 사십대로 넘어가고 있었습니다

망월사역 쪽에서 경원선, 아니 1호선 전철이 들어옵니
다 시청역까지 가는 사십 분 출근길, 나는 속으로 역 이름
들을 중얼거립니다
연천 평강 추가령지구대 지나 원산 문천 고원 정평 오
른쪽은 동한만입니다 함흥 홍원 신포 차호 이원 단천 여
해진

왼켠은 개마, 개마고원이고 길주명천지구대를 빠져나
가면 어대진 주을 경성 청진 웅기

무슨 결심을 한 듯 동해바다로 투신하는 언 감자 같은
눈송이를 보신 적이 있으신지요

두만강을 건너면 포시예트 블라디보스토크 시베리아의
문턱입니다 하바로프스크 치타 바이칼호를 지나 우랄산
맥이 가까워지면

어느새 종각 지나 1호선 시청역입니다 섬사람들이 우르
르 지상으로 몰려나갑니다

섬에서 나고 자라는 동안, 국외라는 말 대신 해외라는
말을 쓰는 동안, 나는 대륙적 상상력은 상상조차 하지 못
했습니다 일찍이 해양문화에 눈을 떴던 것도 아닙니다

불콰해진 퇴근길이면 상트페테르부르크에서 출발해 알
타이 산맥을 천천히 넘습니다

1호선, 아니 경원선을 타고 망월사역 못 미쳐에서 내려

고만고만한 섬사람들이 밀집해 있는 상계동 아파트에
도착합니다

남북상열지사

짐짓 사랑을 확인한 여자가
스타킹을 벗듯이
단풍전선이 내려간다
등뼈가 깊이 굽어 있어
머리카락 다도해에 젖었는지도 모른다
준평원과 강줄기 분명해질 것이다

개마고원은 벌써 웃통을 벗어부치고
머리맡 한랭전선을 저지하고 있다
국경 철길이 끊겨도 좋았다
청천강 깊은 데까지 단호하게 얼고
삶아놓은 감자국수 불어터져도 좋았다
폭설이 처마 끝까지 쌓여도 좋았다
대륙서 실패한 유민의 아들이어도 좋았다
콜라에 중독된 식민지의 딸이어도 좋았다

알몸으로 살 작정을 한 것이다

헐벗은 겨울 마음껏 헐벗기로 한 것이다
부어오른 정수리로 국경을 치받으며
시린 발로 공해와 영공을 냅다 걷어차며
움켜쥘 것 없는 두 손으로
두 손 움켜쥐며
이 한겨울 우리는 헐벗기로 한 것이다

짐짓 사랑을 확인한 남자가
스타킹을 신겨주듯이
땅 끝에서 화신이 올라올라 올 때까지
겨우내 우리는 죽어라고
헐벗은 우리는 죽어라고

금강경

　그래, 미안해, 북한 땅에서, 그것도 대낮에 물컹, 성욕을
느꼈어
　그해 2월 그믐, 금강산에서, 춘설 속에서 나는 더운 알
몸이었던 거야
　온천이 솟는다고 해서 온정리, 2박 3일 쉬지 않고 습설
이 내리는데
　장전항에서 온정리까지 마라톤을, 그래, 늦겨울 금강산
에서
　남쪽 사람들이 주렴 같은 함박눈을 뚫고 건강달리기를
했어

　그래, 미안해, 나도 등산화를 신고, 십 킬로미터를 걷다
뛰다 했지
　산악 위장복처럼 눈을 뒤집어쓴 금강송들이며
　구리 탄광촌, 철조망 너머 텅 빈 인민학교 앞을 지나쳤어
　하염없이 내리는 눈이 우중충한 건물들을 다 덮어버려
서 그랬을까

재수생처럼 보이는 인민해방군 병사들이 더 무표정해
보이더군

그날, 설악산이며 오대산에도 같은 눈이 내렸겠지

열한 살짜리 초등학생 여자아이부터 일흔 살이 넘은 노
인까지

고어텍스에 고글을 쓰고 장전항을 출발해 온정리까지
달린 거야

남측 민간인 수백 명이 코스 곳곳에 마련된 청량음료와
바나나를 먹으며, 강원도 고성군, 금강산 발치를 달린
거라구

그날, 금강산은 눈의 시위였어, 아니 눈의 국경일이었어

삼 일 동안, 금강산에서 눈이 눈의 모든 것을 보여준 거야

진눈깨비 싸락눈 함박눈 시루떡눈…… 금강산은 눈의
엑스포였어

시루떡눈이란 소리 처음 들어보지 않니? 글쎄, 눈송이
들이

시루떡 한 켜씩 떨어지듯이, 아니 순교하듯이 일렬횡대
로 떨어지는 거야

촤르르, 하는 소리가 나는 듯했어, 잿빛 눈송이들을 배
경으로

하얗게 돋아나는 눈송이들은 또 본 적이 있니?

온정리 노천온천에서 알몸으로 그 눈송이들을 맞은 것
인데

김이 솟아오르는 어깻죽지와 팔뚝, 가슴팍에 눈송이가
떨어질 때마다

따끔거리는 거였어, 눈송이가 살갗에 닿자마자 녹는데,
무슨 침을 맞는 것 같더군

아팠지, 아, 그렇게 차갑고 깨끗한 관능이라니, 나는 내
살갗에서

피어나는 순간 지고 마는 수천의 눈꽃들을 보았다구,
그래, 나는 미안했어

북한 땅 온정리에서 에로티시즘의 한 극지까지 나아갔

던 거야

반세기 넘은 완강한 터부를 깨는 것 같았다구

눈의 향연이 이념의 표지들을 덮어버려 그랬는지

나는 금강산 온정리 노천온천에서 알몸으로, 온몸으로
깨어나 있었어

눈송이들을 녹이는 내 감각의 끝에서, 금강에 살어리랏
다?

이것이 대관절 누구의 주제런가? 하면서

기쁜 만큼 미안하고, 미안한 만큼 또 서러웠던 거야

11월

서편 하늘
한줄기
은색 비행운
동남에서 서북으로 길다

남쪽 사투리 쓰시던 새어머니
오른쪽 귀 위에 나 있던
한 올 새치 같다

김포대교 건너며
하류 쪽으로 날아가는 갈매기들의
하얀 가슴살을 보았다
흥건한 놀빛
성난 듯 하늘을 물들이고 있었다

둘째형까지 낳으신 어머니도
스스럼없이 오신다는

동짓달 제삿날

셋째형네 고층 아파트에 모여
마감뉴스까지 다 본 뒤에
재배, 또 재배
음복, 또 음복

낡은 수첩

젊은 의사가 천천히 걸어다니라고 해
신도시 외곽을 걷는다
운동화끈 매듭 아직도 낯설고
햇빛마을이며 샘터마을 오전에만 고요하다
애완견들이 누고 간 황금색 똥 피하느라
먼 데 강 건너는 바라보지 못하고
빈집으로 돌아와 국수 말아먹는다
숨가쁘던 스무 살 시절 낮꿈이 계면쩍어
다시 운동화 신고 문을 여는데
후끈 열기처럼 들이닥치는 서녘 붉은 하늘
심호흡하며 오전에 걷던 길 끝을 찾다가
말개지며 높아가는 하늘을 보았다
그래 그래 그래 날갯짓하며
기러기 편대들 북북서진하고 있다
운동복 주머니에서 꺼내든 낡은 수첩
잉크 자국 파랗게 번져 있는 전화번호 몇 개
제 이름을 찾지 못하고 있다

그래 그래 그래

9인제 배구

다들 모였구나 깜상 미친년 째보 똥싸개
추석 전날 동창들이 모여 9인제 배구를 한다
잡초가 듬성듬성 손바닥만한 폐교 운동장
교단 옆에는 가마솥 교단 위에는 노래방 기계
교단 앞에서 9인제 배구를 한다
깜상은 포클레인 째보는 덤프트럭 똥싸개는 부동산
주정뱅이 홀아비 월급쟁이 공무원 절뚝발이 배불뚝이
대머리 안경잽이 쌍둥이 엄마 이혼녀 보험 아줌마
그리고 옛날부터 늙어 있던 선생님이 배구공을 따라다
닌다
밤무대 뛴다는 무당집 딸이 마이크를 쥐고 있다
텅 빈 산골 속으로 이름도 몰라요
성도 몰라요가 울려퍼지고
분교 된 지 십 년 만에 폐교
벌써 세상 뜬 친구들이 대여섯
과수원 하던 고슴도치는 도망간 연변 색시 잡겠다고
트럭 운전수가 되었다 한다

누구 아들인가 불알 떨어져나간 학교 종을 친다
우리는 오래된 폐교 출신
몇 년 만에 모여 9인제 배구를 한다

잔설

내려오면서부터
더러워지는 것이다
눈은 지상에 닿자마자
두 눈 질끈 감는 것이다

쌓인 눈은 순백색을 버린 데부터 녹는 것이다
흰빛을 버리고 겨울 햇빛을 빨아들이는 것이다
새카매진 눈은 녹으면서 죽는 것이다
눈 녹은 물은 검게 마련인 것이다
이 세상 덮었다가 녹는 눈
눈 녹은 물은 맑기 어려운 것이다

여행자

북쪽으로 난 유리창이 많은 호텔이다 다시 떠날 채비를 한다 낡은 여행가방을 꾸리다가 문득 거울을 본다 여행자는 혼잣말을 한다 어쩌면 이 여행은 아주 오래 전부터 시작된 것인지도 모른다라고 거울 안에 있는 얼굴이 생전 처음 보는 사람 같다 가방 위에 걸터앉아 귀퉁이가 나달나달해진 흑백사진을 들여다본다 한 아이가 차렷 자세로 서서 정면을 응시하고 있다 여행자는 눈을 들어 멀리 북쪽을 바라본다

고향, 고향의 집 거기에서 처음 만났던 것들의 이름을 하나하나 발음해본다 여행자는 중얼거린다 이 여행은 거기에서부터 시작된 것인지도 모른다라고 여행자는 거울 속에서 낯선 얼굴을 꺼내 제 얼굴 위에 뒤집어쓴다

건반 몇 개가 고장난 풍금을 두드리는 손처럼 여행자의 걸음걸이는 부자연스럽다 길로 내려가는 북쪽 호텔의 계단이 삐걱거리는 소리를 낸다 모든 길은 가는 길 아니면 돌아가는 길이다 모든 길에는 반대 방향이 있다

습설(濕雪)

포기한 듯
모든 것 포기한 듯
큰눈 오신다
큰눈은 젖은 눈

대설주의보 혼자
시퍼렇게 날 선 산맥을 넘고
혼자 첫아이 낳은
산골 새댁의 아침
큰눈은 젖은 눈

해안통에 나앉아
며칠째 바다로 떨어지는
큰눈 지켜보는
눈 큰 젊은 애비가 있었다

눈부시게 막힌 산길

몇 번씩 치켜보다 마는
시린 눈냄새에 질린
눈 큰 벙어리가 있었다

포기한 듯
모든 것 포기한 듯
눈부셔하는
앞이 캄캄한
젖은 눈 있었다

아침

줄기와 잎을 솎아주어야
속이 굵어진다
그러니 제 뿌리 위에 떨어지는
잎과 줄기는 순교자다

마늘쫑 날로 먹을 때마다
입 안 가득 아릴 때마다
내 눈앞 얼얼할 때마다
화살기도하듯 중얼거린다

사랑은 지극한 인위(人爲)

파꽃

파가 자라는 이유는
오직 속을 비우기 위해서다
파가 커갈수록
하얀 파꽃 둥글수록
파는 제 속을 잘 비워낸 것이다

꼿꼿하게 홀로 선 파는
속이 없다

기찻길은 기차보다 길어야 한다

라일락꽃 피고, 아, 하복 윗주머니 파란 잉크 자국 생각

오래된 여자상고가 있던 곳, 담장을 끼고 봄의 왼쪽으로 돌아나오는데

물끄러미, 내가 앞서가는 내 잔등을 바라보고 있다

그래, 생각은 生覺일 때가 있어서 생의 걸음을 멈추게 한다

그리하여, 나를 따라오지 않고 서 있는 나를 부르는 것인데

저기, 열일곱 라일락 하얀 꽃그늘 아래 꼼짝 않고 서 있는 내가

지금 여기, 건널목에서 돌아선 나를 뚫어져라 바라보고 있다

먼 곳에서 달려와, 또 먼 곳으로 달려가는 기차가 지나간다

이렇게, 생각은 여러 곳에 흩어져 있는 시간을 소집해

기어이, 건널목에 봄날을 세워놓고 대면시킨다

그래, 미안하다, 지금 여기 있는 내가 잘못한 것이다

라일락꽃 피고, 바다에서 온 기차가 다시 바다로 돌아
간다

그래, 기찻길은 언제나 기차보다 길어야 한다

열일곱 살아, 이리 오너라, 다 내 잘못이었다

너와 나, 아니 나의 모든 나들은 이제 함께 가야 한다

그렇지 않느냐, 우리보다 우리 삶이 커야 하는 것이다

안개침엽수지대

먼지들이 습기를 빨아들인다
말라서 가벼운 것과
젖어서 가벼운 것들이 치열하다
빛이 직선을 꺾고
바퀴들은 원을 내려놓는다
안개가 두터워지자
세상은 눈뜬 채 눈이 먼다

안개가 지독해야 안개 너머를 꿈꾸고
자기의 안쪽을 염려한다
안개가 극심해야 세상은 눈을 버리고
오래된 귀를 연다
나는 온몸으로 청각이 되어 있다
오로지 눈을 믿는 자
권력을 믿는 자

자욱한 습기가 먼지들을 끌어안는다

안개주의보까지 안개에 갇힌다
멀고 오래된 것들, 가깝고 새로운 것들의
소리를 온몸으로 유념한다
내가 온통 중심이다
사방에서 몰려드는 소리들에
하나하나 이름을 붙여주며
안개침엽수지대를 통과한다

내 안에서
해가 지고 달이 진다

민들레 압정

길을 나서다 걸음을 멈췄다 민들레가 자진(自盡)해 있었다 봄부터 눈인사를 주고받던 것이었는데 오늘 아침, 꽃대 끝이 허전했다

꽃을 날려보낸 꽃대가, 깃발 없는 깃대처럼 허전해 보이지 않는 까닭은 아직도 초록빛으로 남아 있는 잎사귀와 땅을 움켜쥐고 있는 뿌리 때문일 것이었다

사방으로 뻗어나가다 멈춘 민들레 잎사귀들은 기진해 있었다 하지만 마땅히 해야 할 일을 해낸 자세였다 첫아이를 순산한 젊은 어미의 자세가 저렇지 않을까 싶었다

지난 봄부터 민들레가 집중한 것은 오직 가벼움이었다 꽃대 위에 노란 꽃을 힘껏 밀어올린 다음, 여름 내내 꽃 안에 있는 물기를 없애왔다 물기가 남아 있는 씨앗은 바람에게 들켜 바람의 갈피에 올라탈 수가 없다 바람에 불려가는 씨앗은 물기의 끝, 무게의 끝이었다

민들레와 민들레꽃은 세상에서 가장 잘 말라 있는 이별, 그리하여 세상에서 가장 가벼운 결별이었다

이별은 어느 날 문득 찾아오지 않는다 만나는 순간, 이

미 이별도 출발한다 민들레는 꽃대를 밀어올리며 지극한
결별을 준비한다 만남과 헤어짐의 속력은 같다

　씨앗 다 날려보낸 가을 민들레가 압정처럼 박혀 있다

화신(花信)

　은어에서 수박향이 나는 까닭은, 은어가 매화 꽃잎을 받아먹기 때문이라고, 몇 년 전 느닷없이 가족을 버리고, 서울을 등지고, 섬진강 기슭으로 들어간 후배가 우긴 적이 있다 그럼, 매화향이 나야지 왜 하필 수박이냐, 면박을 주려다가 그만두었다

　고속도로 통행료를 내는 순간, 수박향이며 매화꽃은 다 지워졌지만, 경칩 지나 화신이 궁금해질 때면, 순하게 풀어져 있던 후배의 눈동자가 떠오른다 은어회에 맑은 술 곁들이며 강 건너 매화 바라보던 그해 봄, 봄날, 봄밤, 우리의 생은 얼마나 흐려져 있었던가

　아, 이제야 핸드폰이 터지네요, 형님, 거, 한번 내려오시지, 하는 후배 목소리는 섬진강 은어떼처럼 퍼덕거린다 서울을 내팽개치고 냉큼, 화개며 산동마을로 틀어버리고 싶었지만, 통화 끝내고 지하철 타러 내려가는 길, 하르르 하르르, 내 몸에서 매화 꽃잎 같은 것이 떨어져 흩날리고 있었다 광화문역 에스컬레이터에서 나는 산수유꽃처럼 노래지고 있었다

빙어 축제

그러나 제아무리 빙어라고 해도
빙어가 제 투명한 속을
들여다보는 것은 아니다
어머, 쟤 좀 봐, 속이 없어, 라며
한 빙어가 다른 빙어를 향해
손가락질할 때가 많은 것이다

당신은 간혹 나를 빙어라고 하는데
그것은 내가 속이 없거나
늘 내 속이 보이기 탓이 아니고
내 사는 이곳 물이 차기 탓일 것이다
내 피가 너무 차갑기 탓일 것이다

아니다
내가 언제나 미끼와 먹이를
구별하지 못하기 탓일 것이다
당신이 그러한 것처럼

내 뒷모습이 보인다

귀농한 지 사 년째, 이제 겨우 뿌리를 내린 것 같다는 친구 만나러 가는 길, 고속도로 양 옆은 한창 봄날이다

25톤 트레일러를 앞지르는데, 저런, 세번째 바퀴가 들려져 있다 나머지 바퀴만으로도 감당할 수 있다는 것이다

모내기 직전, 물 댄 논 보며 넉넉했던 마음이 갑자기 팍팍해진다 엑셀러레이터 밟고 있던 오른발에서 힘이 빠져 나간다

갓길에 차를 대고, 쪼그려 앉아, 온통 발뒤꿈치를 들고 있는 자운영이며 민들레를 내려다본다 멀리 순한 산등성이에는 연한 신록이 산불처럼 번지고 있었다

인터체인지에서 휴대폰 전원을 꺼버렸다 아무리 둘러보아도 내게는 저 트레일러의 세번째 바퀴가 없었다

스물다섯 이후 나는 늘 과적이고 과속이었다 과잉이었다 가끔 펑크가 나기도 했다 재생 타이어를 쓰기도 했다 마음은 늘 목적지에 가 있었다

휴게소에 들르지 않아서 그런지 약간 어지러웠다 뿌리를 내려서 그런지 집을 떠나는 적이 없는 친구네 집까지는

사십여 킬로미터

　고갯마루에 차를 잠깐 세웠다 먼 집들, 하나씩 불이 들
어오고 있었다 맨손체조를 하고 심호흡 몇 번 하고 다시
차에 타려는데

　저런, 운전석에 누가 앉아 있었다 한 사내가 두 손으로
핸들을 잡은 채 얼굴을 파묻고 있었다 쿨럭쿨럭 어깨가 흔
들리고 있었다

　잠시 내가 자리를 비운 사이, 내가 찾아와 울고 있었다

꽃멀미

봄꽃들은
우선 저질러놓고 보자는 심산이다
만발한 저 어린것들을
앞세워놓고 있는 것이다

딸아이 돼지저금통 깨
외출하는 봄날 아침
안개가 걷혔는가 싶었는데
저런 저기 흰 벚꽃
박물관 입구 큰 벚나무
작심한 듯 꽃을 피워놓고 있었다

희다 못해 눈부시다 못해
화공약품 뿌린 듯한 오래된 벚나무
흰빛은 모든 빛을 거부해서 흰빛
가까이 가면 내가 표백될 것 같았다

동창 녀석은 확답을 주지 않았다
왼쪽 구두코에는 발자국이 찍혀 있고
웃저고리에서는 아직도 삼겹살 냄새

나트륨 등 켜져 있는
농업박물관 입구
수화하듯이 흰 꽃잎 두어 장
새벽 한시 근처로 떨어지고 있었다

그 말만은 하지 않았어야 했다
야 임마 내가 이렇게 떳떳한 것은
내가 이 가난을 선택했기 때문이야, 라는
그 말만은 하지 말았어야 했다

입춘

남쪽 창문을 열어놓는다
일요일 오전이 한바탕 집 안으로 들어온다
게으르게 펼쳐놓은 경전은
내 몸 속으로 진입하지 않는다
바흐의 무반주첼로조곡과
쇼팽의 무언가 사이
멀리서 춘설 내린다는 소식을 접한다
3월 춘설은 습설
건장한 산맥과 늠름한 해안이
심호흡하는 바다와 함께 힘껏 젖는다
젖은 바다에서 봄이 상륙한다
대관령에서 뛰어내려 착지하던 봄은
7번국도에서 직행버스를 타고
고성 쪽으로 올라간다
상한 몸 고치러 평창으로 들어간
후배가 전화를 걸어왔다
춘설에 막국수 한 그릇 말아놓을 테니

어서 달려오라는 것이었다
두꺼운 경전을 베고 거실 바닥에 눕는다
강원도가 내 몸 속으로 들어온다
내가 연신 봄 속으로 들어간다

사하촌

편지지가 눅눅해 며칠째 펜이 잘 나가지 않습니다
늦여름 내륙 산간이 광범위하게 젖어 있습니다
인적 희미한 토담집에 알전구 켜놓고 앉았습니다
건너 산에서 건너오는 소쩍새 소리도 축축합니다

울창해진 빗줄기가 메아리의 입을 막아버렸습니다
푸성귀 두어 가지 묵은 된장에 비빈 저녁상을 물리고
폭포 왼쪽에서 끊겼을 임도(林道)를 생각다 말았습니다
와당탕탕 내쳐 달려가는 계곡물이 아니었다면
저 비의 소리 비의 내음 비의 분량이 버거웠을 것입니다
며칠째 하루가 길고 좁아지고 있습니다

필라멘트가 바르르 떠는 자정 부근
젖은 몸을 이기지 못하고 벽지가 저절로 떨어집니다
낡은 신문지 사이에서 1970년대가 갑자기 나타납니다
나는 아직 떠나오지도 떠나가지도 못한 것입니다
열대성 저기압이 물러가지 않는 이곳은 흑야

언제쯤 혼자 맞는 아침이 말끔해질 수 있을지
언제쯤 헛헛한 꿈자리를 단정하게 개놓을 수 있을지

돌진하듯이 일주문을 통과하거나
아니면 아예 내려가겠다는 결가부좌가
이렇게 불어터져 있습니다

비박*

장작불 잦아들고
몇 걸음씩 뒤로 물러나 있던
어둠이 성큼 다가와 있다
잣나무숲에 닿아 멈춘
어둠의 끝은 은하 저쪽 끝까지
곧바로 연결되어 있다

잣나무숲 속에는
전원이 없다
핸드폰을 끄고
침낭 속으로 들어가
얼굴을 내민다
내 얼굴과 어둠 사이에
아무것도 없다

마침내 언플러그드
빈틈없는 어둠

꿈 없는 잠

나는 탈주에 성공한 것이다

* 비박(bivouac, biwak) : 텐트 없이 하는 야영. 바위 밑이나 나무 그늘, 눈 구덩이 등을 이용한다. 원래는 비상 야영을 뜻했지만, 오래 전에 등산의 한 방식으로 정착했다.

4부

어둠을 어둡게 하라

미래로 부치는 편지

내 몸이 신전이라고
말하는 친구가 생각날 때마다
스카이라인 너머 바라보며
몇 걸음 더 걷는다
고개 둘 넘어 읍내까지 걸어다니는
그 친구 떠오를 때마다
녹황색 채소 오래 씹는다
신전은 식물성이다
암송아지 눈처럼 순한
친구 눈동자 그리울 때마다
첩첩 마음의 주름들 펴진다
지하철 속에서도 눈감으면
신전으로 가는 길 보인다

몇 볼트의 성욕

나달나달 옷은 얇아지고
휘어이 휘어이 몸은 헐렁해져 있다
걸어서 여기까지 왔다
생각과 생각 사이 아득히 멀어져 있고
몸 속으로 들어와 있던 길을 내려놓는다
나는 단순해지고 싶었던 것이다

저기 내려놓은 길이 따라오지 않는다
먹장구름들이 견디지 못하고 빗방울을 떨어뜨린다
축축한 공기 속을 할퀴고 내려가는 빗방울들
빗방울들은 하염없이 중력에 지고 있는 것이다
성난 듯 치솟은 침엽수지대가 안개비 뒤로 물러난다

비 그치자 약간의 허기
그 곁에 몇 그램의 피로
그 곁에 또 한 줌 가량의 외로움
눈부신 초록의 몸을 활짝 열어놓고

나무들이 마음껏 흰 꽃을 피우고 있다

걷고 걷고 또 걸어서
나는 오직 걷는다는 것만으로
이 단순함에 도달하고 싶었던 것이다
자연과 나 사이에 아무것도 없다

성욕과 같은 이 마음의 움직임은
몇 볼트쯤일 것인가
이 맑고 깨끗한 몸가짐 밖으로는
나가지 않기로 한다

도보순례

나 돌아갈 것이다
도처의 전원을 끊고
덜컹거리는 마음의 안달을
마음껏 등질 것이다

나에게로 혹은 나로부터
발사되던 직선들을
짐짓 무시할 것이다

나 돌아갈 것이다
무심했던 몸의 외곽으로 가
두 손 두 발에게
머리 조아릴 것이다
한없이 작아질 것이다

어둠을 어둡게 할 것이다
소리에 민감하고

냄새에 즉각 반응할 것이다
하나하나 맛을 구별하고
피부를 활짝 열어놓을 것이다
무엇보다 두 눈을 쉬게 할 것이다

이제 일하기 위해 살지 않고
살기 위해 일할 것이다
생활하기 위해 생존할 것이다
어두워지면 어두워질 것이다

이 땅이 부처다

—삼보일배(三步一拜)

지극히 낮아지기 위하여
척추를 곧추세우는 것이다

첫걸음에는 뒤돌아보고
두번째 걸음에는 둘러보고
세번째 걸음에는 내다보고
두 손발 가지런히 모아
온몸을 낮추는 것이다

숨을 내쉬며 나를
숨을 들이마시며 그대를
그리하여 온 세상을 끌어안으며
수직하는 것이다

단순하고 단정해진
수직을 안으로 말아
등뼈와 두 손바닥을 하늘에 보이며

땅에 입맞추는 것이다
두 눈을 감는 것이다

가는 것도 아니고
멈춰 서는 것도 아니다
세 걸음 걷고 한 번 큰 절
말을 버리자 눈물이 마른다
길이 몸 속으로 들어온다
큰절 올리고 다시 세 걸음
몸 속으로 땅이 들어선다

그렇다
이 땅이 부처다
이 땅 이렇게 부처다

농업박물관 소식

— 도시는 말이 없고

세종문화회관 중앙계단
봄부터 가을까지 농업이 한창입니다
사각형 플라스틱 화분에 모를 내고
유채꽃도 광화문 한복판에 전시하니까
외국에서 건너온 화초 같습니다
여름에는 옥수수잎이 바람에 흔들립니다
식량이 익어가는 중앙계단이
메인스타디움 귀빈석 같습니다
농업을 죽인 도시는 분주합니다
가끔 분재 같은 시민들이 농업 앞에서
기념사진을 찍고는 서둘러 사라집니다

한때 지하철역 구내에서
새소리를 틀어놓은 적이 있습니다
광고판 옆에는 한국 명시도 나란했습니다
세종문화회관 앞의 곡식이나
지하철 승강장의 새소리

광고 옆에 붙어 있는 한국 명시를 볼 때마다

나는 욕지기가 납니다

농업에게 미안합니다

지구의 가을

이 음식이 어디서 왔는가
내 덕행으로 받기가 부끄럽네
마음의 온갖 욕심 버리고
육신을 지탱하는 약으로 알아
보리를 이루고자 공양을 받습니다*

이 음식이 어디서 왔는지
나는 두려워 헤아리지 못합니다
마음의 눈 크게 뜨면 뜰수록
이 눈부신 음식들
육신을 지탱하는 독으로 보입니다

하루 세 번 식탁을 마주할 때마다
내 몸 속에 들어와 고이는
인간의 성분을 헤아려보는데
어머니 지구가 굳이 우리 인간만을
편애해야 할 까닭은 어디에도 없습니다

우주를 먹고 자란 쌀 한 톨이
내 몸을 거쳐 다시 우주로 돌아가는
커다란 원이 보입니다
내 몸과 마음 깨끗해야
저 쌀 한 톨 제자리로 돌아갈 터인데
저 커다란 원이 내 몸에 들어와
툭툭 끊기고 있습니다

나는 오래된 중금속입니다
마음의 온갖 욕심 버린다 해도
이 음식으로 이룩한 깨달음은
결코 깨달음이 아닙니다

* 지리산 실상사 공양간(식당) 배식대에 붙어 있는 게송이다.

새의 날개 안쪽

날개 안쪽은 희지만
바깥쪽은 검은 새들이 있다
눈 밝은 적들이 새의 상공에 있다는 증거다
약한 새들이 검은 땅 위에서 산다는 증거다
아주 오래된 슬픈 보호색

샌드위치로 점심을 때우고
고층빌딩 옥상에서 혼자 담배 피우다 보았다
검은 빌딩들 사이로 선회하는
비둘기떼 날개 안쪽의 흰 빛깔
아마 저 고운 흰 빛깔이 불빛이리라
둥지에서 기다리는
어린 새끼들을 위한

흑인들의 손바닥은 얼마나 흰가
사람들의 정수리는
내 어깻죽지는 또 얼마나 검은가

검은 땅 높은 빌딩

시인과 농부

밥과 입 사이가
가장 아득한 거리

밥과 입 사이에
우주가 있다

그 누구도
그 어떤 문명도
밥과 입 사이를
좁히지 못했다

우주의 원(圓)
몸의 원이
밥과 입 사이에서
끊겨 있다
홍문과 땅 또한
이어져 있지 않다

밥과 똥
똥과 밥 사이가
두절되어 있다

나의 딜레마

삼십 분에 한 번꼴로 라이터를 켜대는 골초가
시커먼 자동차 배기가스를 지탄하다니

승부차기로 한국이 4강에 진출하는 순간
다섯 살짜리 아들내미를 번쩍 치켜올린 바 있는 시인이
텔레비전 앞에서 만세를 부르는 선방 스님들을 보고
혀를 끌끌 차다니

매달 현금서비스로 결제일을 넘기는
이 대책 없는 구제금융이
저축보다 융자를 선호하는 이 무심한 경제가
IMF 시절, 관료들을 얼마나 몰아붙였던가

기어코 그 집 앞을 다시 찾는 주제에
팔순 대통령을 보고 아직도 욕심을 버리지 못했느냐고
뺑뺑 큰소리를 치다니

무엇 하나 섬겨본 적이 없는 작자가
대체 공경하는 심성이 퇴화했다고 안달하다니

대안학교에 관한 글을 여기저기 써대면서도
정작 자기 딸은 보내지 못하는 이 유약한 아버지라니

배기량이 엄청난 나의 욕망이여
거덜난 나의 경제여
늘 전방이 더 위험한 나의 안보여
한치 앞을 내다보지 못하는 나의 생태여

광합성

봄밤
바람 한 올 없는데
활엽의 여린 것들
바르르 떨고 있다
세상에 처음 나온 것들
파르르 파르르
치를 떨고 있다

소쩍새 소리가 따끔한가
젖빛 열엿새 달빛이 느꺼운가
뿌리들이 밀어올리는
물맛이 시린가 싶었는데
봄밤
이런, 휴대폰이 울린다

저런, 전자파가 저 여린 것들을
뚫고 지나가는 것이었구나

천지사방에서 전자파가
난반사하는 것이었구나
봄밤
고스란히 노출되어 있었구나

천지간

지하 구내식당에서
혼자 먹는 늦은 점심
상추쌈 아귀아귀 집어넣는다
혼자 하는 광합성이다

29층 화장실
멀리 한강은 아주 느린 하류
변기에서 움찔 놀란다
바다의 한 입이
여기까지 올라와 있다

유리창 밖으로
훅 내뱉는 담배연기
성층권으로 빨려올라간다

모두 직통이다

식탁은 지구다

식탁은 지구다

중국서 자란 고추
미국 농부가 키운 콩
이란 땅에서 영근 석류
포르투갈에서 선적한 토마토
적도를 넘어온 호주산 쇠고기
식탁은 지구다

어머니 아버지
아직 젊으셨을 때
고추며 콩
석류와 토마토
모두 어디에서
나는 줄 알고 있었다
닭과 돼지도 앞마당서 잡았다
삼십여 년 전

우리집 둥근 밥상은
우리 마을이었다

이 음식 어디서 오셨는가
식탁 위에 문명의 전부가 올라오는 지금
나는 식구들과 기도 올리지 못한다
이 먹을거리들
누가 어디서 어떻게 키웠는지
누가 어디서 어떻게 만들었는지
누가 어디서 어떻게 보냈는지
도무지 알 수 없기 탓이다

뭇 생명들 올라와 있는 아침이다
문명 전부가 개입해 있는 식탁이다

식탁이 미래다
식탁에서 안심할 수 있다면

식탁에서 감사할 수 있다면

그날이 새날이다

그날부터 새날이다

자력신앙

오늘도 지구를 일용했다
아침에 지구를 먹고
낮에 지구를 많이 소비하고
새벽까지 지구 위에 누워 있었다
내가 버린 것들은 모두
지구로 돌아가고 있었다

오늘도 지구에게 미안했다
미안하다는 말밖에 할 수 없어서
더 미안했다

나는 이 지구 위에서
자력신앙이 아니다
자력은 나의 힘이 아니다

나는 걷는다

나는 걷는다
하늘 맨 아래에서
바다의 맨 위로
내가 걷는다
서편 하늘 초승달이
해를 내려다보는 초저녁이다

나는 걸었다
자궁에서 나온 길은
모두 무덤으로 이어져 있었다
모든 길은 땅으로부터
한치도 떨어져 있지 않았다
바다에도 단 한 뼘 빈틈이 없었다

나는 걷는다
젖은 신발 벗어
해에게 보여주지 않는다

달의 뒤편을 궁금해하지 않는다
오래된 책을 굳이 읽지 않는다
전쟁과 전쟁 사이가
평화라고 생각하지 않는다
시간이 어떤 의지를 갖고 있으리라고
나무가 인간을 먼저 배려하리라고
나는 믿지 않는다

국가는 걷지 않는다
기업은 걷지 않는다
경전은 걷지 않는다
문명은 걷지 않는다
인류는 걷지 않는다

나는 걷는다
내가 걷는다

제국에서 달아나기, 제국에 맞서 싸우기

고종석(한국일보 논설위원)

바탕이 시인이고 생업이 기자인 이문재는 언젠가부터 글 쟁이들 사이에서 '발문가(跋文家)'라는 작위(爵位)를 누리고 있다. 본문 뒤에 그의 글을 실은 책들이 수북한 탓이다. 이문 재를 조금은 안다고 자부하는 나는 그가 끊임없이 발문을 쓰 는 것이 글 욕심 탓은 아닐 것이라고 짐작한다. 그렇다고 그 가 발문을 붙이고 싶어서 안달이 날 만큼 매력적인 텍스트가 흔해터져서도 아닐 것이다. 어느 시대에나 좋은 것은 드문 법 이니 말이다. 실상 그가 축성(祝聖)을 베푼 텍스트들은, 더 러, 그 됨됨이가 그의 곁다리글에 못 미치는 듯한 경우도 있 었다. 적어도 내 눈엔 그렇게 보였다. 시쳇말로 깃털과 몸통 이, 객석과 무대가 뒤바뀐 격이다. 그러니, 이문재가 손가락 이 부르트도록 발문을 써대는 것은 아마 마음이 여려서일 것이다. 그는 지인의 부탁을 물리칠 만큼 모질지가 못한 것이다. 마음이 여리면 손가락이 고생한다.

발문가 이문재가 제 시집의 발문을 내게 부탁한다. 나는 덥석 받는다. 내가 글 욕심이 많아서는 아니다. 글쓰기 말고는 생업을 가져본 적이 없는데도, 나는 이 유구한 생업에 꿋꿋이 게으르다. 그렇다고 내가 이 시집 텍스트의 아름다움에 환장을 해서도 아니다. 내가 발문을 쓰겠다고 한 것은 텍스트를 읽어보기도 전이었고, 또 줄글로 먹고살아온 내가 시를 놓고 잘됐다 못됐다 늘어놓는 것은 분수 모르는 짓일 터이다. 그렇다면 내가 이문재처럼 마음이 여려서? 아니다. 젊은 시절 마음이 여린 한때도 있었지만, 나는 마흔 줄 들어 어느 순간부터 내키지 않는 글은 절대 쓰지 않는다는 원칙을 대충은 실천하고 있다. 내가 이문재의 발문 요청을 덥석 받은 것은 그저 '발문가의 발문가'가 되는 영예를 누려보겠다는 얄팍한 허영 때문이다. 그의 텍스트에 발문을 붙임으로써, 나는 그가 발문을 붙인 수많은 텍스트들에 무임승차하게 되는 셈이다. 그럼으로써 내 생애의 몫으로 부과된 일정량의 발문 숙제를 단번에 해치워버리게 되는 셈이다. 내 이 전술적 허영의 실천이 이문재에게 복이 될지 화가 될지 나는 짐작하지 못한다. 화가 된다면 그건 그의 책임이고, 복이 된다면 그건 내 공로다. 세상은 불공평하다.

나는 이문재의 아주 젊은 시절을 알지 못하지만, 그를 생각할 때마다 1970년대의 청년문화라는 것이 연상된다. 텁수룩한 머리에 청바지, 허무와 염세의 제스처, 흰소리에 가까운 유머 따위로 버무려진 탈정치적 문화 말이다. 딱히 지금의 이문재가 그 '시큼들큼 문화'의 실천자라는 것이 아니라, 젊은 시절의 이문재가 그랬을 것 같다는 얘기다. 그 시절의 이문재는 예컨대 최인호의 소설 『구르는 돌』에서 막 튀어나온 듯한 '코믹 우울 몽상가'였을 것 같다. 아니, 지금의 이문재 얼굴에도 달콤한 불행 의식으로 생을 버티는 70년대 젊은이의 표정이 있다. 대충 걸친 시대의 옷이 너무 헐거워 보이는, 길 잃은 '어른애'의 표정이. 나는 80년대가 끝나갈 무렵 그를 알게 됐는데, 참 착한 사람이라는 것이 첫 느낌이었고 그 느낌은 지금도 여전하다. 착하다는 말은 예술가에게 헌정될 때 욕이 될 수도 있겠지만, 내가 한 사람에게 헌정할 수 있는 최대의 찬사다. 내 생각에 착함은 거룩함으로 가는 문이다. 이 시집의 한 화자는 "티벳버섯은 연민과 배려의 네트워크입니다" (「티벳버섯 이-메일」)라고 말하고 있는데, 내가 보기엔 이문재야말로 연민과 배려의 네트워크다. 바로 그가 티벳버섯인 것이다. 이 착한 티벳버섯이 누리는 큰 즐거움 하나는 걷는 것인 듯하다. 이 시집에서도 '보행시'라고 할 만한 것이 여러 편 눈에 띈다. 그 시들 속에서 화자는 무엇보다도 걷기의 주체다. "걷고 또 걸어서/나는 오직 걷는다는 것만으로/이 단순함에 도달하고 싶었던 것이다/자연과 나 사이에 아무것도 없다"(「몇 볼트의 성욕」). 이문재의 다른 자아일 그 화자(들)는 이제 그저 걸을 뿐 예전과 달리 "젖은 신발 벗어/해에게 보여주지 않는다"(「나는 걷는다」). (「나는 걷는다」의 마지막 연 "나는 걷는다/내가 걷는다"를 유럽어로 옮긴다면 어떻게 해야 할지 나는 잠시 고민했다. 내가 잠시 고민했다.) 걸음이 시인-화자를 도통(道通)하게 했다. 걸음은 이문재 삶의 거름이다(이런 식의 말장난은 사실 내 말투가 아니라 이문재의 '개인기'다). 그는 자연주의자고 생태주의자다.

시집 제목이 '제국호텔'이란다. 그 표제는 나를 십여 년 전의 어떤 기억으로 몰고 갔다. 호텔에 대한 기억은 아니다. 도쿄(東京)의 잘 알려진 호텔을 비롯해 이 이름을 지닌 호텔들은 세상에 수도 없이 많을 테지만 말이다. '제국호텔'이라는 표제에 이끌려 내가 다다른 기억은 92~93년에 내가 유럽에서 참가했던 저널리즘 프로그램이었다. '유럽의 기자들'이라는 이 프로그램에 참가하며 나는 또래의 외국인 기자들과 어울리게 됐는데, 중부-동부 유럽 출신 동료들은 대체로 제국이라는 말을 아련한 달콤함으로 회상했다. 그들에게 제국은 평화의 거처였다. 물론 그들이 제국을 직접 경험한 것은 아니다. 그 회상은 그들이 부모들, 조부모들의 회상으로부터 버무려낸 상상 속에서 제 나름대로 시도한 추체험이었을 뿐이다. 그들의 제국은 로마제국도, 몽골제국도, 막 무너진 소련제국도, 유일한 패권국가로 남은 미제국도 아니었다. 미국을 메트로폴리스로 삼는 은유로서의 지구제국도 아니었다. 그들의 제국은 가까이는 오스트리아-헝가리제국이었고, 좀 멀리는 신성로마제국이었다.

나는 서양사의 몸통을 이뤘던 이 중부유럽 대제국의 역사가 얼마나 평화로웠는지에 대해 깊이 알지 못한다. 그러나 30년전쟁이나 제1차 세계대전 같은, 이 제국이 직접 연루됐던 큰 전쟁들만 얼른 떠올려봐도 제국의 시대가 그리 평화로웠을 성싶지는 않다. 그런데도 내 중부-동부 유럽 동료들의 상상 속에서 유럽의 모든 분란은 그 제국의 해체가 초래한 것이었다. 그러니까 그들에게 제국은 질서와 평화의 표상이었다. 오스트리아-헝가리제국은 소수자의 보호막이기도 했다는 것이 그들의 주장이었다. 제국의 붕괴 이후에 노골화한 유대인 박해가 그들이 내세우는 논거였다. 하긴 오스트리아-헝가리제국의 붕괴는 당대의 어떤 유대인들에게는 세계의 붕괴를 의미했는지도 모른다. 이 합스부르크제국의 해체를 전후해 유대인 지식인들 여럿이 자살이라는 '형이상학적 죽음'을 실천함으로써 제국의 붕괴를 애도했으니 말이다. 오토 말러 (작곡가 구스타프 말러의 동생), 시인 게오르크 트라클, 물리학자 루트비히 볼츠만, 철학자 루트비히 비트겐슈타인의 형제들인 한스와 루디와 쿠르트, 반(反)여성주의 철학자 오토 바이닝거 같은 사람들이 그 리스트에 올라 있다.

시집 『제국호텔』에는 부제만 달리한 채 이 표제를 머리에 얹은 작품이 다섯 편 실려 있다. 그 시들의 무대는 제국의 변방 또는 식민지다. 시를 따라 읽는 독자는 대번에 그 변방이 한국이고 본국이 미국이라고 상상한다. 그 변방은 중심의 문화로 덮여 있다.

프런트에서 왼쪽으로 이십 미터를 더 가면 스타벅스
오른쪽으로 다시 백오십 미터를 더 가면 맥도널드다
　　　　　　　—「제국호텔 — 서부전선 이상없다」 중에서

이 시들의 화자(들)는, 다소 모호한 구석이 없진 않지만, 아마 식민지 출신의, 그러나 본국 정부를 위해 일하는 공무원인 듯하다. 그는 식민지 출신이지만 관점은 철저히 본국적이다. 적어도 본국적이려 애쓴다. 그렇지 않다면 본국 정부가 그에게 특무를 맡기지는 않았을 것이다. "이곳 사람들은 오래된 책처럼 보인다 / 누런 얼굴들 한 귀퉁이가 삭아 있다" (「제국호텔 — 더이상 빌어올 미래가 없다」)거나, "제국백화점 앞 노천무대 / 어린 토인들이 매우 빠른 춤을 추고 있다" (같은 시)거나, "나로서는 고맙지 않을 수 없는 일이지만 / 이곳의 사회적 인프라는 순진함과 비열함이다" (「제국호텔 — 인도에서 소녀가 오다」)라거나, "(대단한 것도 아니지만) 본국 언어

를 배워놓지 않았다면/내 능력은 절반 이상 평가절하되었을
것이다/본국어 단어를 매일 세 개씩 외운 것이 벌써 몇 년째
인가/이곳 언어는 아침 인사말 하나라도 구사해선 안 된다"
(같은 시)는 대목에서 화자의 분열된 정체성이 또렷하다. 아
마도 그 자신 오래돼 한 귀퉁이가 삭은 누런 얼굴을 지녔을
화자에게는 '이곳' 사람들이 '토인'이다.

시인-화자가 묘사하는 제국(의 변방) 풍경은 언뜻 조지 오
웰의 『1984년』을 연상시키는 관리사회다. 아니, 『1984년』보
다 한결 더 '부드러워진' 관리사회다. 적어도 '제국호텔' 시
편들에서는, 『1984년』과 달리, 육체적 고문의 풍경이 펼쳐지
지 않는다. 통제는 결코 날것의 폭력으로 수행되지 않는다.
그곳에서 '@에 모여 사는 원주민들'(「제국호텔―비밀번호」)
을 통제하는 것은 네트워크 또는 전원(電源)이다. 시인-화자
가 "화면의 밖은 풍경의 바깥/전원이 곧 삶이다/제국발전소
에 연결되어 있지 않은/시민은 시민이, 아니 생명체가 아니
다"(「제국호텔―더이상 빌어올 미래가 없다」)라거나 "언제나
접속되어 있는 e-인간들(e-말장난 좀 봐라! ―인용자)"(「제
국호텔―서부전선 이상없다」)이라고 말할 때, 그는 제국이 적
어도 뜨거운 폭력을 통해 관리되지 않는다는 것을 확언한다.
관리는 오로지 촘촘하지만 부드러운 네트워크를 통해 이뤄진
다. 그러나 이 네트워크의 폭력이야말로 근원적인 것이다. 그
것은 자신을 변방의 감시자-관리자로 상상하고 있는 화자마

저 자유롭게 놓아두지 않는다.

혼자 외로운 아침이지만 혼자 있는 것은 아니다
광속으로 광고를 살포하는 광케이블
여우는 화끈한 밤을 즐기시라는 콘텐츠를
보내왔다 오늘 오전 섹스코리아도 안녕하다
이 네트워크는 근본주의자들의 테러를 능가한다
샤워기에서 뜨거운 디지털이 뿜어져나온다
혼자 외로운 아침 나는 혼자 있을 수 없다
　　　　　—「제국호텔—9월 22일 아침, 외롭다」 중에서

　이 변방의 관리자는 연결돼 있으면서도 외롭고 불안하고
불행하다. 그래서 그는 그 불행과 싸우기 위해 약을 먹는다.
그 약은 흔히 마약이라고 불리는 향정신성의약품인 듯하다.
화자는 "본국에서 가져온 가루약을 먹고/나른해지지 않으면
불안하다"(「제국호텔—더이상 빌어올 미래가 없다」). 그는 가
랑잎처럼 둥둥 떠다니고 싶다. 부유하고 싶다. 그는 피로에
절게 되면 "제복을 벗고/알약을 물에"(같은 시) 타거나 "혼
자 각성제를 먹"는다(「제국호텔—9월 22일 아침, 외롭다」). 그
는 수동적으로, 관성에 실려 제국의 명령을 수행하는 사람이
다. "몇 년째 낙엽이 썩지 않는다는" 것을 인식하고 있는 그
에게는 "물이끼를 만져본"(「제국호텔—더이상 빌어올 미래가

없다」) 기억이 있는데, 이런 자연에 대한 촉감의 기억은, 뒤에서도 언급하겠지만, 이 시집 전체를 통해서 제국과 맞서 싸우거나 거기서 달아나는 전략으로 제시된다. 본국 정부를 위해 일하는 관리로서의 화자는 "저런 달무리가 며칠 더 계속되었다간/원주민들이 잃어버린 감수성을 회복할 것 같다/경계하고 경계하고 또 경계할 일"(「제국호텔―비밀번호」)이라며 변방의 식민지인들이 자연에 대한 감각을 되찾을까 두려워하지만, 그럼에도 정작 자신은 물이끼를 만져본 기억을 정겹게 회상한다.

이 제국의 변방에서는 더이상 빌어올 미래가 없다. 지금이 세상의 (진화의) 끝이다. 그곳에서 꿈은 이루어지는 법 없이 늘 미루어진다.

꿈은 이루어진다고?
제국에서
이루어진 꿈은 꿈이 아니다

그대들의 꿈★은 늘 미루어지게 되어 있다(다시 e-말장난!―인용자)
―「제국호텔―인도에서 소녀가 오다」 중에서

시인은 시집 들머리에서부터 아예 더이상 빌어올 미래가

없다고 선언하고 있지만, 아닌게 아니라 이문재의 얼굴은 늘 미래보다는 과거를 보고 있는 것 같다. 그에게 "옛날은 가는 게 아니고/이렇게 자꾸 오는 것"(「소금창고」)이다. 그는 과거를 되살려 과거를 뜯어먹고 사는 인간이다. 그게 시인이 이제 나이가 들어 그런 것만도 아닌 듯하다.

'제국호텔' 시편의 시인-화자는 더러 노골적으로 사회정치학적 상상력을 발휘하며 제국 체제의 부드러운 가혹함을 독자들에게 폭로하기도 한다. 그가 "제국박물관 앞에서/키가 작은 승려가/1인 시위를 벌이고 있었다/1인의 그림자는 즉시 삭제됐다/본국의 훈령은 단순 명료했다/기억 용량을 정확히 유지할 것"(「제국호텔—더이상 빌어올 미래가 없다」)이라고 말할 때, 그는 독자들에게 망각은 언젠가 보복을 불러온다는 것을, 이 '제국호텔' 시편들에 묘사되는 제국의 부정적 측면들도 그런 보복의 일부라는 것을 고자질하고 있는 셈이다. 꼭 제국의 시대가 아니더라도, 기억하지 않는 자는 보복당한다는 것은 역사가 지지해온 개연적 진리다. "장벽이 무너지자/모든 것이 장벽이었다"(같은 시)고 말하는 화자는 동서냉전의 진영체제가 사라진 자리에 잘게 나뉜 온갖 벽들이 들어서 있음을 안다. 적대의 벽이 다양화한 것이다. 그 벽은 이념이나 계급의 벽만이 아니라 인종의 벽, 성(性)의 벽, 종교의 벽, 지역의 벽, 궁극적으로는 서로 소통하지 않는 모든 개인들과 무리들의 벽이다. 그래서 "아버지를 선택해 태어난 자만이/돌을 던질 수 있"(「제국호텔—서부전선 이상없다」)고, "남서쪽 저지대나 북쪽 고원은/낡은 기계처럼 가르릉 소리를"(「제국호텔—더이상 빌어올 미래가 없다」) 내게 마련이다.

부드러운 폭력이 지배하는 이 제국에서 열정은 정치와 연결되는 법이 없다. 사람들은 '서부전선 이상없'음을 굳게 믿으며 "지역적으로 생각하고 지구적으로 행동"(「제국호텔—서부전선 이상없다」)하기 때문이다. 관음증 환자인 동시에 노출증 환자인 젊은이들이 모인 광장에서 "새벽 세시 현재/본국 국기는 불태워지지 않았다"(「제국호텔—인도에서 소녀가 오다」)고 식민지 관리자-화자는 안도한다. 이 두 편의 시는 2002년 한일 월드컵 축구대회 때의 서울 풍경들을 거의 그대로 옮겨놓고 있는데, 나 역시 당시 그 엄청난 응원 인파에서 아무런 정치구호가 나오지 않았다는 사실에 놀랐고 실망했다. 한국 팀의 경기가 있는 날이면 거리로 쏟아져나왔던 수백만의 인파는 유사 이래 한반도에서 터져나온 최대의 열정을 증명했지만, 그 파천황의 열정은 과연 제대로 소비된 것일까? 열정이라는 것도 무한한 재화는 아니라면, 이 제한된 재화의 소비에 적절한 방향을 주는 것은 열정의 생산 못지않게 긴요한 일이었을 것이다. 그러나 거리를 가득 채운 온갖 사회적 배경의 수백만 군중의 입에서는 '대~한민국' 이외에 아무런 정치적 구호가 나오지 않았다. 정녕 그것이야말로 불길

한 일이었다. 이 열정 공간의 순간적 속살이 "광장은 정지화면이다/본국은 오전 아홉시/모두 제자리에 있다/오래된 책 표지들이 멈춰 서 있다/까마귀 수천 마리가 공중에 박혀 있다/분수대에서 누런 피가 솟구치다가 굳어 있다"(「제국호텔─더이상 빌어올 미래가 없다」)고 묘사될 때 그것은 얼마나 을씨년스러운가?

그러면 제국의 이 을씨년스러움에 맞서 어떻게 싸워야 하는가? 시인이 이 싸움의 무기로 내놓은 것은 생태주의적 상상력, 자연의 상상력이다. 제국에 대한 탐색을 시집 앞머리에 배치한 시인은 나머지의 상당 부분을 자연과 육체성의 구가(謳歌)에 할애한다. 사실 육체성과 자연에 대한 그리움이야말로 시집 『제국호텔』을 이끌어가는 힘이다. 시인은 네트워크로서의 제국이라는 세균에 자연과 몸이라는 녹색 항생제로 대항한다. 『제국호텔』의 상당수 시편들은 근대 이전에 존재했다고 상상되는 인간의 육체와 대지 사이의 삼투와 조화를 꿈꾼다. 시인-화자가 꿈꾸는 인간과 세계 사이의 관계는 근대과학이 가져온 '객관적'이고 보편적인 앎의 관계가 아닌, 개인들이 주관적으로 세계와 유지할 수 있었던 느낌의 관계다. 빛, 냄새, 맛 같은 구체적 세계의 질에 대한 경험으로서의 느낌 말이다. 시인-화자는 근대의 과학정신이 건설한, 수량화할 수 있고 측정할 수 있는 추상의 세계 대신에 주관적 느낌의 세계 속에서 삶을 이해하고자 한다. 앎에서 느낌으로의

이행, 자연과 육체(의 느낌)로의 경사는 시집 도처에서 고개
를 쳐든다.

> 나 돌아갈 것이다
> 무심했던 몸의 외곽으로 가
> 두 손 두 발에게
> 머리 조아릴 것이다
> 한없이 작아질 것이다
>
> 어둠을 어둡게 할 것이다
> 소리에 민감하고
> 냄새에 즉각 반응할 것이다
> 하나하나 맛을 구별하고
> 피부를 활짝 열어놓을 것이다
> 무엇보다 두 눈을 쉬게 할 것이다
>
> ―「도보순례」 중에서

무엇보다도 시인은 네트워크로부터 탈주하고 싶어한다.
그 네트워크가 제국이기 때문이다.

> 장작불 잦아들고
> 몇 걸음씩 뒤로 물러나 있던

어둠이 성큼 다가와 있다
잣나무숲에 닿아 멈춘
어둠의 끝은 은하 저쪽 끝까지
곧바로 연결되어 있다

잣나무숲 속에는
전원이 없다
핸드폰을 끄고
침낭 속으로 들어가
얼굴을 내민다
내 얼굴과 어둠 사이에
아무것도 없다

마침내 언플러그드
빈틈없는 어둠
꿈 없는 잠
나는 탈주에 성공한 것이다

—「비박」전문

　세계에 대한 파스칼적 경건함을(그러나 화자는 일신교 신자
가 아닌 듯하다) 연상시키는 이 시의 핵심 어휘는 '언플러그
드'다. 화자는 절연돼 있고 싶어한다. 다시 한번, 제국의 핵

심적 특징은 네트워크를 통한 연결이기 때문이다. 그러니까, 시집 『제국호텔』의 '제국호텔' 시편들과 상당수의 나머지 시편들은 그 제재의 거리에도 불구하고 내적으로 긴밀히 연결돼 있다. 결국 이 시집 자체가 하나의 제국 풍경을 이루고 있는 셈이다.

　　처음 며칠간은 휴대폰 벨소리가 수시로 들렸습니다
　　라디오조차 들을 수 없는 오지에서 벨소리가 환청으로 들린 것이지요
　　혼잣말을 할 때에는 손가락으로 무릎 위를 톡톡 치기도 합니다
　　전원(電源)에 연결되어 있던 삶에서 벗어나기가 여간 힘들지 않습니다
　　환청이 사라지는 것과 함께 향기들이 기습했습니다
　　한 홉씩 코를 틀어막는 냄새들이라니요
　　아픈 몸은 후각에 흔쾌해지면서 한 칸씩 몸으로 돌아오고 있습니다

　　　　　　　　　　　　　　　　　　　　—「서신」 중에서

여기서도 '전원에 연결되어 있던 삶'이란 곧 제국의 삶이다. 제국은 네트워크로 촘촘하고 전자파로 가득하다.

봄밤
이런, 휴대폰이 울린다

저런, 전자파가 저 여린 것들을
뚫고 지나가는 것이었구나
천지사방에서 전자파가
난반사하는 것이었구나
봄밤
고스란히 노출되어 있었구나

—「광합성」 중에서

시인-화자는 제국의 일상이 힘들 때마다 "꾹 눌러 전원을 끈다"(「격포에서」). 그의 시적 작업은 탈제국의 몸부림이고, 그 구체적 전술은 네트워크로부터의 절연이다. 그 싸움은 국지전, 이라기보다 차라리 애절한 각개전투다.

내가 알기로 이문재의 가족사는 실향과 얽혀 있다. 그는 "반세기 전 북쪽에서 내려온 노인들"(「제국호텔 — 서부전선 이상없다」)의 자식 가운데 한 사람인 것이다. 시집 『제국호텔』에서도 실향민 자식으로서의 자의식이 군데군데 드러나 있다. 그 자의식은 때로 독립적으로, 때로 생태주의의 틀 안에서 꿈틀거린다. 시집에서 되풀이되는, '북북서진하는 기러기떼'의 이미지는 실향민 자식의 귀향 욕망, 학습된 향수를 표상한다. 이 이미지가 처음 나오는 「소금창고」라는 시에는 "바다로 가는 길의 끝"이라는 표현이 나오는데, 나는 이 대목에서 문득 미셸 세르의 '북서항해'를 연상했다. 다섯 권의 '헤르메스' 연작 가운데 마지막 책 제목이기도 한 '북서항해'는 자연과학과 인문학 또는 예술적 실천 사이로 난 뱃길을 따르는 항해다. 세르는 이런 사잇길을 헤쳐가는 지적 항해를 통해 학문들 사이의 헤르메스가 되고자 했다. 이문재의 「소금창고」에서 바다 위로 북북서진하는 기러기떼는 잃어버린 고향땅과 실향민 (자식) 사이의 소통을 확보하는 헤르메스라 할 만하다. 「남북상열지사」 같은 작품은 가을에서 겨울까지의 한반도 풍경을 에로스 이미지로 형상화하며 통일 염원을 흐벅지게 담아내고 있다.

> 짐짓 사랑을 확인한 여자가
> 스타킹을 벗듯이
> 단풍전선이 내려간다
> (……)
> 짐짓 사랑을 확인한 남자가
> 스타킹을 신겨주듯이
> 땅 끝에서 화신이 올라올라 올 때까지
>
> ─「남북상열지사」 중에서

이 시의 메시지는 사실 '가자 북으로, 오라 남으로' 식의 투박한 것인데, 시인의 발랄한 상상력과 입담에 실리니 투박함이 한결 덜해 보인다.

시집 『제국호텔』에서 내가 가장 오래 머물렀던 작품은 「일본여관」이었다.

기러기떼 날아가자
초저녁 하늘에 문득 화살표가 생긴다
저 팔랑거리며 가물거리는 표지가
맨 처음의 기억을 가리키는 것일까
전철역을 빠져나오자 더욱 어두워진
사람들이 광장 한켠에서 자전거를 찾고 있다
오늘처럼 날 선 11월 초승달을 바라보면
이가 시리던 때가 있었다
시장통에서 빠져나간 길들이 가늘어지고
해마다 수심이 낮아지는 강의 지류를 따라
이태리포플라들이 발뒤꿈치를 드는 것 같다
먼 집 현관에 늦은 불이 들어온다
철새들이 북북서진할 때면
뒤돌아서서 부르던 사람이 있었다
나를 낳고 죽을 때에

아주 젊었다던 여자가 있었다

―「일본여관」 전문

　이 시는 시집 『제국호텔』의 변방에 자리잡고 있다. 배치가
그렇다는 것이 아니라 주제와 제재가 그렇다는 것이다. 그래
서 이 시는 낯설어 보인다. 나는 이 시를 읽고, 내가 꽤 알고
있다고 생각했던 이문재의 낯선 모습을, 뒷모습을 보는 것 같
았다. 문득 그도 늙었나보다 생각했다. 아니, 거꾸로 그가
'시운동' 시절의 청년으로 돌아가나보다 생각했다. 그러나
이내 그 낯섦은 정겨움으로 변했다. 이 시의 애상적 분위기를
데카당스라고 몰아붙일 수도 있겠다. 그러나 나는 이 시가 좋
다. "가지 않은 곳은 모두 미래다"(「샹그리라」) 식의 잠언투
명제보다는 위에 인용한 "오늘처럼 날 선 11월 초승달을 바
라보면/이가 시리던 때가 있었다"는 스산한 고백이나 "그때
나는/나에게 지극해야 했다(뭔진 몰라도 굉장히 힘들었겠
다―인용자)"(「2월」) 같은 위기감의 토로에 내 마음은 더 떤
다. 나도 늙었나보다. 아니 나도 청년기의 유치한 건강함이
그리운가보다. 세상을 뜻대로 살아내기가 쉽지 않다. 눈은
"내려오면서부터/더러워지는 것"(「잔설」)이고, "사랑은 지극
한 인위(人爲)"(「아침」)이기 때문이다. 존경하는 벗의 시집
출간을 축하한다.

이문재

1982년 『시운동』 4집에 시를 발표하며 등단했다. 시집으로『내 젖은 구두 벗어 해에게 보여줄 때』『산책시편』『마음의 오지』『지금 여기가 맨 앞』『혼자의 넓이』가 있다. 김달진문학상, 시와시학 젊은시인상, 소월시문학상, 지훈문학상, 노작문학상, 박재삼문학상을 수상했다.

제국호텔
ⓒ 이문재 2004

| 1판 1쇄 | 2004년 12월 10일 |
| 1판 7쇄 | 2021년 6월 14일 |

지은이 이문재
책임편집 차창룡 조연주 이상술 김송은
마케팅 정민호 이숙재 우상욱 정경주
홍보 김희숙 김상만 함유지 김현지 이소정 이미희 박지원
제작 강신은 김동욱 임현식 | 제작처 (주)상지사P&B

펴낸곳 (주)문학동네 | 펴낸이 염현숙
출판등록 1993년 10월 22일 제406-2003-000045호
주소 10881 경기도 파주시 회동길 210
전자우편 editor@munhak.com | 대표전화 031)955-8888 | 팩스 031)955-8855
문의전화 031)955-3578(마케팅) 031)955-8864(편집)
문학동네카페 http://cafe.naver.com/mhdn

ISBN 89-8281-912-6 02810

www.munhak.com